벼락 논술로 대학 가기
3가지 솔루션

허영림

초등학교 때 문예반에서 매일 글을 쓰며, 창 밖에서 부채춤으로 운동회 연습하는 친구들을 부러워했다. 바람을 일으키는 부채가 되고 싶다는 생각을 했던 것 같다. 지금은 '한우리독서토론논술' 지도교사로 15년간 일하며, 책방을 운영하며 소소한 바람을 일으키고 있다. 도시와 농촌이 양극화된 현실을 보면서 문화의 바람을 대안으로 제안해서 책방을 예비 사회적기업으로 만들었다. 동네 아이들과 어른들이 책방에 모이고, 재미있는 일들이 일어나는 것을 보며, 겨울에도 땀이 송글송글 맺히는 얼굴에 부채질을 하고 있다. 계간지 [시와동화] 94호에 동화 "하늘 개구리"를 수록했다.

2026년 1월 1일
'책방아지트'에서 허영림

블로그 | https://blog.naver.com/jamrim2
인스타그램 | @bookazit

CONTENTS

들어가며

큰 아이는 타고 났다. 책을 좋아하고 글을 잘 쓰라고 조물주가 선택한 아이 같다. 아기의 시력이 생기자마자 그림책을 보여주었다. 스물여섯에 얼떨결에 생긴 아이에게 어떻게 놀아줘야 할 지 모르는 초보 엄마는 출판사 다니는 남편 친구들이 선물해준 책을 보여주었다. 끊임없이 자기들 출판사 신간을 주고 아이 반응을 물어봤다. 방실방실 웃던데요? 눈이 반짝반짝하던데요? 한 마디만 해도 좋아하며 또 주었다. 큰 아이는 출판계가 키운 아이라고 해도 과언이 아니다. 임신 했을 때도 인문·과학 출판사 '동아시아' 관리직으로 취는 아이, 중학생이 되자 흰색 티셔츠만 입고 다녀서, 나에게 '변태냐?' 라는 말을 듣고야 말았던 아이, 정말 이지 자기 닮은 아들 낳아서 고생 좀 했으면 하는 아이, 지 맘대로 하니 지 맘대로 대학도 가라고 신경도 안 쓰고 있었는데 어느 날,

엄마, 논술 하나 넣었어.
뭐라고? 이런 미친! 네가 뭘 믿고?
엄마, 아빠, 글 잘 쓰니까 좀 가르쳐줘.
한 달 밖에 안 남았는데 논술이 뭐 번개 불에 콩 볶아 먹듯이 탁 나오는 건 줄 알아? 네가 책 한 권이라도 제 대로 읽어봤냐?
아니!
그런데 선생님이 원서 써 주시더냐?
샘한테 엄마 논술샘이라고 말했어.
야!!! 엄마는 논술샘이 아니야! 그냥 책 읽고 글 쓰는 거 조금 가르치는 거지. 환장하겠네. 너! 원서 몇 개 썼어?
네 개.
정시 쓸 거야?

쓸까?

쓰지 마! 지금 당장 논술만 해.

　이렇게 되어서 한 달 벼락치기 논술 공부에 들어갔다. 결과는 어땠을까? 1,200 명가량 모인 가운데 90명 안에 들어갔지만 정원이 30명이라 합격하지는 못했다. 그래도 너무 잘 한 거 아닌가? 책이랑 담 쌓고 산 아이가 한 달 벼락치기한 결과로는.

　이 이야기를 모임 자리에서 나불거렸다. 그 자리에 있던 '쑬딴스북' 출판사 사장님이 책으로 내자고 했다. 에이, 농담이죠? 농담 아니고요, 그런 방법은 세상에 알리면 좋을 것 같은데요? 지구 소확행 시리즈 안에 넣으면 좋을 것 같은데? 아이들 교육 걱정 좀 덜고 소확행 즐기며 살자고.

　내가 아이 논술을 가르치고 있다고 말하자 서울 목동 고등학교 교사인 지인이 미친 짓이라는 반응을 보였다. 빨리 학원 보내라고, 엄마가 가르쳐서 되는 게 있고 안되는 게 있다고. 그 선생님께 당당히 말하고 싶다. 엄마도 된다고. 수학 논술은 몰라도 인문계 논술 정도는 대학 때 과제 제출로 씨름 좀 해 본 경험 있는 어른이라면 누구나 가르칠 수 있다고 말하고 싶다. 내가 알려주는 팁을 활용한다면 혼공 논술도 충분히 가능하다고도.

논술, 겁 낼 필요 없다.

우선 대학별 모의 논술과 기출 문제를 쭉 읽어 보자. 보면 그리 어렵지 않다는 걸 알게 된다. 몇 단락의 글을 읽고 요약을 하고, 문제가 시키는 대로 두어 단락의 글을 쓰면 끝이다. 에이, 글 좀 써 본 사람이니까 쉽게 생각하는 거다 할 것이다. 그런데 아니다. 요즈음은 학교에서 수행평가를 빡세게 해서 수행평가 점수를 웬만큼 받는 학생이라면 쉽게 도전할 수 있는 게 논술이다. 그러니 엄마들이 지레 겁을 먹고 고액 과외를 시킬 필요가 없는 거다.

일단 한 번 경험을 해볼까? 어디서 볼 수 있나? 각 대학 입학처 홈페이지에 들어가면 논술전형 모집요

강과 기출문제, 모의
논술 가이드북 등을
찾아볼 수 있다. 그런
데 컴퓨터를 켜고, 학
교 홈페이지 저 구석

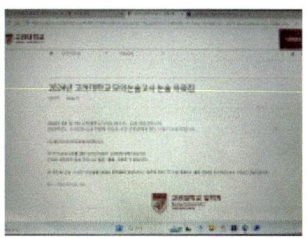

까지 들어가서 정보를 찾는 수고를 덜어주는 문제집
이 나왔다. 검색해보면 나온다.

큰 아이가 논술 시험 전날에도 공부 안하고 게임을
하며 애간장을 녹여서 3가지만 기억하고 시험장에 가
라고 당부한 것이 있다.

첫째, 너의 개인적 견해를 쓰지 마라. 문제가 시키
는 대로만 써야 한다. 답이 본문에 다 있으니까 본문
을 벗어나지 말고 요약을 해
서 써라.

둘째, 본문을 언급할 때 두
구절 이상 베끼지 마라. 부득
이 베껴서 언급해야 한다면 따
옴표로 묶어줘라.

셋째, 매끄럽게 써라. 한 문장에 같은 단어 두 번 쓰지 않기. 한 문단에 같은 내용 두 번 쓰지 않기.

큰 아이의 대답은? 그 정도는 나도 알아! 잘 났다, 이 녀석아!

둘째 아이의 대답은? 그러니까 그걸 어떻게 하냐고? 가르쳐줘야 알지. 네가 할 마음이 있어야 가르쳐주지.

솔루션 1. 필사는 초등학생도
작가로 만들어줄 수 있다.

사람들은 말한다. 글쓰기는 짧은 시간에 실력을 올릴 수 없다고, INPUT이 있어야 OUTPUT이 되는 거라고, 그래서 책을 많이 읽어야 글을 잘 쓸 수 있다고. 물론 맞는 말이다. 어려서부터 책을 읽은 아이들은 정말 기똥차게 개성이 묻어나는 어휘와 문장으로 연결성도 좋게 쓴다. 그런데 그런 아이가 어디 흔한가? INPUT이 안 된 사람들은 글쓰기를 포기해야 하나? 아니다. INPUT이 되지 않아도 단기간에 실력을 올릴 수 있는 전지전능한 방법이 필사이다.

나는 그 현실을 직접 목격했다. 대학 때 어느 날 한 선배가 시를 썼다며 보여줬다. 당시에 과에서 글 좀 쓴다고 소문 난 나에게 보여주고 싶었던 것이다. 정말 놀

라웠다. 숨이 턱 막힐 만큼! 어떻게 문예창작과를 올 생각을 했지? 맞춤법도 띄어쓰기도 표현도 기본이 1도 갖추어지지 않은 시였다. 중학생이 발로 쓴 것 같은? 아니, 초등학생도 조금만 노력하면 이 정도는 쓸 수 있겠는걸? 이런 생각을 말로 다 할 수는 없을 것 같아서, 선배, 좀 더 많이 써보셔야 할 것 같아요. 했다. 그래? 그 정도야? 하고 실망한 표정을 지었던 그 선배가 그 학기에 등단했다. 어찌된 걸까? 비결은 필사였다. 에어컨이 흔하지 않았던 그 시절 여름방학 때, 자취방에서 얼음물에 발 담그고 수건에 얼음 넣어서 머리 위에 얹고 시집 백 권을 필사했다고 했다.

그때 교수님이 침을 튀기며 말씀하셨다. 노력하는 자는 못 따라 간다고. 여러분도 놀지 말고, 아르바이트 하지 말고 필사 좀 하라고. 특히 조금만 더 열심히 하면 졸업 전에 등단할 수 있는 자네들! 하며 내 얼굴에 눈빛레이저를 쏘았다. 그래서 나는 말했다. 아르바이트를 안 하고 싶지요. 그런데 IMF인데, 교수님은 금 내셨어요?

나는 그 학교를 졸업하지 못했다. 하지만 그때 이후

로 얼마든지 마음만 먹으면 작가가 될 수 있다는 생각으로 산다. 소설가가 되고 싶었던 나는 어느 날 경계를 넘나드는 동화 장르에 매력을 느껴서 계간지에 두 편 실어보기도 했다. 생계 걱정을 안 하고 시간이 많으면 마음껏 필사해보고 정식 등단을 하고 싶다.

그때 기억을 떠올리며 필사를 논술 공부에 접목해보았다. 우선 요점 파악도 제대로 못하는 아이에게 독해 실력을 올려주기 위해 기출문제 제시문을 필사 시켰다. 이때 필사 방법이 중요하다. 그냥 베껴 쓴다고 되는 게 아니다.

논술 공략 필사 순서

1. 반드시 소리 내어 읽는다.
2. 주제 문장에 밑줄 긋는다.
3. 반드시 원고지에 필사 한다.
4. 필사한 것을 다시 소리 내어 읽고 잘못 쓴 것은 없는 지 살핀다.
5. 필사한 것을 덮고 기억나는 내용을 친구에게 말하듯 해 본다.

왜 이렇게 해야 할까?

1번, 소리 내어 읽기 전에 글과 만나는 시간을 가져야 한다. 이것이 아주 중요하다. 내가 읽게 될 글을 왼쪽 위부터 오른쪽 밑까지 눈으로 스캔을 해서 내가 아는 단어들을 만난다. 아, 이 글은 이것에 대해 쓴 건가? 맞는 지 읽어 보자 하며 내용을 예상한 다음에 읽는 것이다. 글과 만나는 처음 시간이 1분 정도라면 많이 읽을수록 10초가 되고, 1초가 될 수 있다.

반드시 소리 내어 읽어야 하는 이유는 말과 글의 경계를 넘나들어야하기 때문이다. 소리 내어 읽으면 글이 말이 되어 들리기 때문에 문장의 어법을 익힐 수 있고, 글이 어렵지 않고 쉽다는 자신감을 얻게 된다. 그리고 글 전체의 흐름도 말의 흐름과 다르지 않다는 것을 알게 된다. 한 편의 글이 친구에게 말해주는 어제 있었던 일과 비슷하다는 점을 알게 되는 것이다.

2번, 주제 문장에 밑줄 그어 보라고 하면 읽기가 안된 학생들은 많이 머뭇거린다. 그때 틀려도 되니까 네가 중요하다고 생각하는 문장에 그어봐, 한다. 틀려도 가만히 두고 필사하라고 한다. 필사가 끝나고 다시 중요 문장을 찾아보라고 하면 대부분 학생들이 자신이 잘못 찾은 걸 스스로 알아낸다. 그런데 왜 이렇게 하냐면, 글의 구조를 익히기 위해서이다. 두괄식이구나, 미괄식이구나. 우리나라 논설문은 두괄식이 많다. 성질 급하기 때문에 본론부터 말한다. 밑줄 그어 놓은 문장을 다 합쳐 보면 이 글이 무엇을 말하고 있는지 한 문장으로 파악하게 된다. 그것을 중심에 두고 논술을 하면 된다.

3번, 반드시 원고지에 필사해야하는 것은 띄어쓰기와 맞춤법을 익히기 위해서이다. 이는 부가적인 설명 필요 없이 이해될 것이다. 문단 나누어 쓰는 훈련도 원고지에 하면 효과적이다.

4번, 필사한 것을 다시 소리 내어 읽고 잘못 쓴 부분을 고쳐야 하는 것은 세 번 읽으면 내용 파악이 완전해 질 수 있어서다. 눈으로 읽으면 의미로 읽기 때문에 틀린 글자를 지나쳐버리기 쉽다 그러나 소리를 내면 글자들이 떨어지기 때문에 틀린 부분을 쉽게 찾을 수 있다. 초등학생들에게 이 방법을 알려주면 자기 글의 틀린 부분을 스스로 찾고 회심의 미소를 짓는다. 여기서 중요한 점은 고치고 나서 잘 고쳤는지 다시 읽어보아야 한다. 그래야 매끄러운 문장이 소리가 되어 나의 뇌에, 몸에 베이게 된다.

5번, 책을 덮고 기억나는 내용을 친구에게 말 하듯 해 보아야 하는 것은 '공부의 신'들이 강조하는 방법인데, 논술에서 효과적인 점은 필사한 텍스트가 나와 결합되어 내 방식으로 변형되는 것을 경험하는 것이다. 이 방법을 거치면 텍스트를 그대로 인용하지 않고 나만의 문장으로 재탄생시킬 수 있다.

처음에는 내용을 대부분 빼먹고 어벙하게 말할 수 있다. 내용을 빼먹었다고 질책하지 말고, 가르치는 사람이 채워주며 한 편의 글을 말로 재창조하는 경험을 하게 한다. 혼공하는 사람은 잘 안된다고 자책하지 않아도 된다. 이 다섯 가지 순서로 오전, 오후 두 바퀴만 돌려보면 3일 째 되는 날에는 자신감을 가지고 말하는 모습을 보게 될 것이다.

이렇게 제시문 필사로 일주일을 보내고, 다음 일주일은 모범 답안을 같은 방법으로 필사한다. 이쯤 시켜 보니, 둘째 아이 입에서 나온 말, 이제 어떤 건지 확실히 알겠어.

이제 직접 써 볼 차례다. 3, 4주차에는 하루에 두 편씩 오전에는 문학 지문, 오후에는 사회 지문으로 논술해 본다.

솔루션 2. 글쓰기 모드
버튼 누르는 소설 읽기

글을 쓰기 전에 워밍업으로 무엇을 하면 좋을까? 워밍업? 그딴 것을 해야 하냐고? 요즈음은 너무 많은 미디어가 우리 머리를 어지럽히고 있어서 글을 쓰기 전에 내 몸 전체를 글쓰기 모드로 바꾸어 줄 필요가 있다. 실지로 많은 작가들이 글쓰기 전에 자기만의 방법으로 워밍업을 하는데 어떤 장르의 글을 쓰든 가장 좋은 방법은 이것이다. 단편 소설 읽기. 나는 돈 받고 쓰는 글을 쓰기 전에는 항상 세 편 정도의 단편 소설을 읽고 쓴다. 남자 작가, 여자 작가, 동화작가의 것을 골고루 섞어서. 그러면 각기 다른 문체와 내가 섞여서 개성 있는 문체로 써지기 때문이다. 둘째 아이에게도 시험 보기 전 대기하는 시간에 딴 거 하지 말고 소설 지문 읽으라 했더니 알았다며 몇 장 출력해서 들고 들어갔다.

어린이가 동화책을 읽듯, 청소년은 소설이 가장 접근하기 쉬운 긴 글이다. 비소설을 읽는 것보다 소설을 왜 먼저 읽어야 독해력이 높아질까? 소설은 텍스트를 읽으며 머릿속에 이미지를 그려내기가 쉽다. 그리고 우리의 생활 영역을 글로 옮겨 놓은 형식이라서 속독에도 가장 도움 되는 장르이다. 이렇게 텍스트를 빨리 읽어내며 이미지를 그려내는 훈련이 습관이 되고 몸에 베이게 되면 어떤 장르의 글도 이미지를 그려서 이해하게 된다. 그러면 지문에 나온 글을 베끼지 않고 나만의 문장으로 요약할 수 있는 능력이 장착되는 것이다.

그리고 이것은 개인적 견해인데, '숏츠' 같은 짧은 영상이 아니라 긴 시간 우리의 감성을 끌고 가는 영화나 드라마를 좋아하는 사람들이 텍스트 독해 능력도 높다고 본다. 글을 자신이 보았던 이미지로 빨리 전환할 수 있기 때문이다. 그러니 제발 핸드폰을 놓고 책과 영화를 즐겼으면……

논술을 쓰기 직전에도 소설을 읽으면 몸에 글쓰기 모드 버튼이 눌러진다. 둘째 아이가 한 달 벼락치기 기간 동안 읽은 책은 엔도 슈사쿠의 단편선집이다. 다른 책 읽지 말고 이것 한 권만 읽으라고 했다. 시간이 없기에 사고의 방향을 한 곳으로 집중시켜야 했다. 이 책을 선정한 이유는 슈사쿠는 우리나라 정호승 시인의 감수성을 산문으로 옮겨놓은 듯 쓰는 작가이기 때문이다. 일상을 담담하고 자연스럽게 그리면서도 깊은 사색으로 이끈다. 책과 담 쌓고 지냈지만 인생의 맛을 느껴보려고 시도하는 고3 남자 아이에게 딱 맞을 거라는 판단이 섰다. 그래서 문학의 본질인 인간에 대한 사랑을 이 책을 통해 더욱 잘 간파할 수 있을 거라 생각되었다. 내 예상이 적중했다. 엄마, 슈사쿠 아저씨 정말 좋더라. 옆집 사는 아저씨 느낌인데 멋있어. 옳은 사람이야.

솔루션 3. 글을 말로 만드는 퇴고

이제 본격적으로 논술 연습을 해 볼 건데, 쓰기부터 퇴고까지 좀 더 쉽게 할 수 있는 팁을 알려주면 좋겠지?

일단 논술 문제를 풀기 전에 머릿속에 콕 박아 놓아야 할 지침이 있다. 아래는 ㄱ대학교가 아이들에게 시험 전에 연습하라고 모의 논술 문제지(거의 모든 대학교가 5,6월경에 모의 논술 문제지를 올려 준다.)를 주고, 연습 요령까지 친절하게 알려 준 글이다. 개인적 생각은 모의논술만 확실하게 공부해도 승산 있다고 본다. 왜냐하면 당해 논술시험 난이도와 경향을 미리 알려준 것이기 때문이다.

기출문제 분석과 글쓰기 훈련

논술은 논리적으로 자신의 생각을 서술하는 것입니다. 이러한 능력은 단기간에 걸쳐 길러지는 것이 아니고, 꾸준한 글쓰기와 피드백을 통해 형성되는 것입니다. 따라서 학생들은 기출 문제를 분석하면서 직접 자신의 생각을 주어진 조건에 맞춰 서술하는 연습을 해야 합니다. 제시문 속의 핵심 개념과 주제, 공통점과 차이점, 비판점 등을 정리하고 개요를 짠 뒤 글을 작성하는 연습을 해야 합니다. 언어·사회 논제의 450자, 700자 내외의 글자 수는 많은 글자가 아닙니다. 자신의 배경 지식을 진술하기보다 주어진 제시문 안에서 주어와 목적어, 서술어 등의 호응을 생각하며, 문장의 길이는 짧고 명료하게 작성해야 합니다. 그리고 기출 문제를 한번 작성해보고 끝내는 것이 아니라 반복해서 작성하면서 자신의 글을 다듬는 연습도 게을리 해서는 안 됩니다.

대입 논술에 형식을 정해둔 것을 두고, 답이 정해진 글을 쓰게 하는 게 무슨 논술이냐고 문제 제기를 하는 소리를 심심치 않게 듣는다. 자, 일단 왜 제시문을 벗어나지 않게 써야 할까? 이것이 언어 소통의 본질이기 때문이다. 말귀 잘 알아듣고, 해당 되는 말을 해야 이상한 사람이 되지 않는 것이다. 글자 수는 왜 정해 줄까? 일단 글자 수가 많아지면 중언부언하게 된다. 그리고 우리가 어떤 사안에 대한 의견을 말할 때의 길이가 딱 한 문단에 10줄 정도, 한 두 문단 분량이다. 더 길어지면 장광설이 되는 것이다. 텍스트를 제대로 이해하는 기본기를 갖추고 대학에 들어오라는 말이다. 2028년도부터는 서술형 수능으로 바뀔 수도 있다는 일각의 말들이 있지만 일희일비할 필요가 없다. 우리는 기본에 충실하면 된다.

① 꼭 문제를 먼저 읽어라.

논술 시험장에 있다고 생각해 보자. 보통 30분 안에 먼저 입실음 한다. 대기 시간에는 앞서 말한 대로 글쓰기 버튼을 눌러주는 단편소설 지문을 읽는다 소설을 읽다 보면 마음도 차분해져서 긴장도 풀리고 머리가 맑아짐을 느낄 것이다.

시험지를 받으면 문제를 먼저 읽고 제시문을 봐야 한다. 문제의 초점을 명확히 파악한 다음, 제시문을 읽으며 중요 단어와 문장에 밑줄 긋는다. 그리고 개요를 짠다.

예를 들면 〈가〉에서 말하는 단어의 의미를 유추하고 〈나〉에서 어떻게 형상화되었는지 묻는 문제라고 치자.(저작권 문제로 기출문제를 그대로 인용할 수 없음이 안타깝지만 거의 흡사한 형태의 문제이다.) 먼저 〈가〉글의 내용을 이미지로 떠올렸다면 1문단에 문제가 묻는 단어의 의미를 연습장에 간단하게 메모해 둔다. 2문단에는 〈나〉글의 요지를 파악하고, 글에서 〈나〉의 단어와 유사한 존재나 비슷한 상황을 핵심어로 메모해 둔다.

그리고 1문단 메모해둔 것 뒤에 왜 그렇게 생각하는 지를 쓴다. 2문단 핵심어 뒤에도 왜 그렇게 생각하는 지 쓴다. 여기까지 연습장에 메모한 글의 개요이다. 우리는 말을 할 때 대개 중요한 말을 먼저 하고 이유를

늘어놓는다. 글도 마찬가지다. '주제문+상세화' 개요를 짤 때 꼭 기억해두자.

〈개요작성 예시〉

1. 시민 불복종: 공익과 정의에 반하는 법일 때, 처벌을 감수하면서 비폭력적으로 준법거부를 하는 것

2. 김씨: 공익이 아닌 사익 추구, 폭력 행사

3. 시민불복종으로 볼 수 없다.

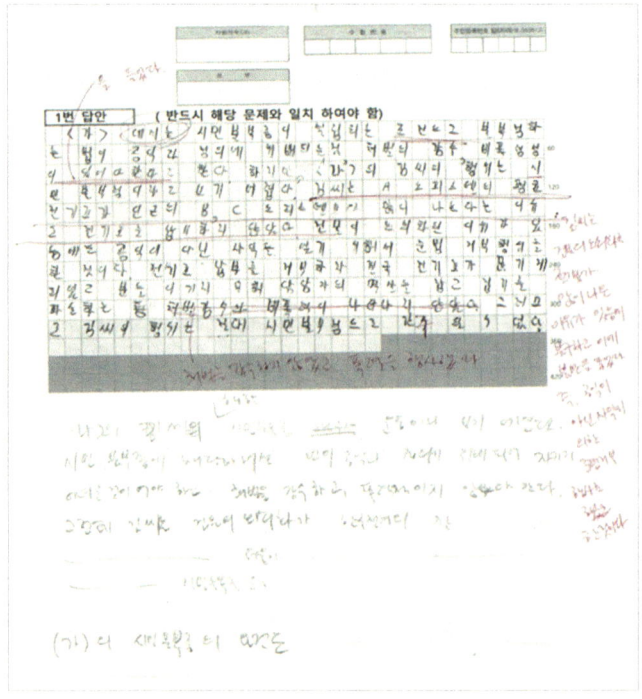

② 마음속으로 먼저 글을 쓴다.

개요를 짠 다음 연습장에 글 전체를 써두고 시험지에 옮기는 학생들이 대부분일 것이다. NO! NO! 이렇게 해서 망한 아이들 많다. 시간이 모자라는 거다. 둘째 아이도 첫 시험장에서는 연습장에 써 두고 옮기다가 퇴고할 시간을 확보하지 못했다고 했다. 다시 볼 때는 연습장에 핵심어로만 개요를 짜 놓고 바로 시험지에 쓰고, 퇴고할 시간이 40분이나 남아서 여유롭게 문제와 쓴 답안을 보며 고쳤다고 했다.

이렇게 하려면 제시문과 내가 쓴 개요를 보고 마음속으로 글을 써야 한다. 마음속으로 쓰면 손으로 쓰는 것 보다 빠르다. 마음속으로 어떻게 써요? 연습할 때 필사할 때 소리 내어 읽으며 말과 글을 넘나들이 하지 않았는가. 글을 쓰는 것처럼 마음속으로 말을 하면 된다.

실지로 본인은 글을 쓸 때 마음속으로 완벽하게 다 쓴 다음 손으로 옮긴다. 앞 뒤, 중간 어떻게 써야 매끄러운 한 편이 될 수 있는지 마음속으로 썼다 지웠다 해서 글의 구성이 다 짜지면 손으로 옮기는 것이다. 이렇게 몰입의 시간을 가지고 쓴 글은 칭찬을 많이 받거나 지면에 실리거나 백일장에서 입상을 하곤 했다. 이름 있는 작가가 못된 것은 순전히 나의 몰입을 방해하는 존재들 때문이라고 생각한다. 누구겠는가? 엄마! 엄마! 부르는 아이들과 두 시간에 한 번씩 '배고프다'를 연발하는 남의 편인 사람.

논술 시험장에서 450자, 700자 정도는 충분히 5분 정도면 마음속으로 다 쓸 수 있다. 1,200자도 중요 내용 3문단에 앞 뒤 서론, 결론 달면 된다. 생각한 것 잊어버리면 어떻게 해요? 안 잊어버린다. 시험지에 쓰다 보면 다 생각난다.

③ 마음속으로 소리 내어 읽으며 퇴고하기

거의 모든 작가들이 자신의 글을 고칠 때 소리 내어 읽어본다. 왜? 글의 어색함을 말과 같은 자연스러움으로 바꿔주기 위해서이다. 논술에서는 문장을 간결하고 명료하게 고치기 위해서 아주 중요한 점이다. 우리가 말을 할 때를 생각해 보자. 앞 뒤 맥락 맞지 않게 장황하게 늘어놓는 사람에게 뭐라고 하는가? 그래서 뭘 어쨌다는 거야? 어쩌라는 거야? 하고 물어보게 된다. 그러면 말을 하는 사람은 눈을 동그랗게 뜨고 잠시 정면을 바라 본 다음 다시 말한다. 그러니까 내 말은 이거저거야, 하고 앞에서 말한 것을 한 가지씩 끊어서 정리해 준다.

그래서 퇴고하는 가장 효율적인 방법은 내 글을 녹음해서 듣는 것이다. 녹음을 해서 들으면 내 글이 남의 글이 되어 객관화 된다. 마치 내가 글을 쓸 때는 맞춤법이 틀리는데, 남의 글을 보면 틀린 글자가 쏙쏙 보이는 것처럼. 내가 대중 앞에서 말 할 때는 너무 떨려서 앞 뒤 맥락 다 엉키고 장황하게 되는데, 남이 하는 강연을 들으면 저사람 왜 저렇게 했던 말 또 하는 거야? 생각하는 것과 마찬가지다.

왜 짧고 명료하게 쓰라고 할까? 본인은 이 글 전체를 말하기 식 문체로 쓰고 있다. 이렇게 밖에 못쓰기 때문에? 아니다. 보들보들한 문체로 동화도 쓰고, 다소 신비스러운 문체로 소설을 쓸 줄도 안다. 이 글은 논술을 어떻게 쓰는 지 가르치는 것이기에 말하는 것처럼 쓰자고 선택을 했다. 논술도 마찬가지다. 누군가를 설득하기 위해 쓰는 것이므로 말하는 것처럼 짧고 명료하게 써야 알아듣기 쉽고 당위성이 높아진다. 논술 시험장에서는 소리 내어 읽을 수 없으므로 마음속으로 글자 하나하나 읽으며 고치면 된다.

글을 고칠 때 유의할 점

1. 주어, 서술어 호응을 맞추는 것은 아주 당연한 기초이다.

2. 하나를 기억하자. 한 문장에 한 단어, 하나의 말, 한 문단에도 한 가지 내용

3. 제시문에 아무리 난해한 단어가 나와도 답안에는 쉽게 풀어서 써 줘야 한다.

4. 제시문의 핵심어는 답안에 되도록 한 문단에 한 번만 쓰자.

5. 두 구절 이상 절대 답안에 베끼지 않기. 내가 이해한 대로 쉽게 바꿔주기.

나오며

　필사하기, 소설 읽고 글쓰기 모드 되기, 녹음해서 퇴고하기, 이 세 가지는 비단 논술에만 해당되는 것이 아님은 당연한 소리다. 모든 글쓰기 실력을 눈에 띌 정도로 올려줄 수 있는 비법이다. 수행평가, 자기소개서, 웹소설, 신춘문예 등등에도 다 적용되는 방법이다. 특히 책은 많이 읽었는데 글쓰기가 쉽게 되지 않는다고 생각되는 사람이 이 솔루션을 실천한다면 세상에나! 이렇게 빨리 된다고? 하며 스스로를 위대하게 느낄 지도 모른다.

　이 시대에 글쓰기는 왜 필요할까? 한 때 혹자들은 말했다. AI가 글을 다 써주는 시대에 작가라는 직업은 한 물 갈 것이고, 글쓰기를 그리 열심히 하지 않아도 된다고. 맞다. AI 돌려서 과제 제출하고 A 받았다고 자랑하는 말 숱하게 듣는다. 그런데 똑같이 AI 돌려서 왜 누구는 A 받고, 누구는 C 받을까? 그 답은 당연하다. 프롬프트를 어떻게 쓰느냐에 따라 다른 결과물이 나오고, 그 결과물을 얼마나 매끄럽고 풍성하게 마치 처음부터 내가 쓴 것처럼 바꿔주느냐가 관건인 것이다. 프롬프트에 질문 하는 것도 글이고, AI 자료를 내 것으로 바꿔주는 것도 글이다. 프롬프트를 말로 요구하는 AI도 있을 것이다. 그런데 말도 조리 있게 해야 AI가 알아들을 것 아닌가? 이제 사람 보다 더 고차원적인 존재와 대화하는 시대가 된 것이다. 그렇기에 더욱 문해력이 요구되고, 논리적 사고 흐름이 필요한 것이다. AI 실습 교육을 어떻게 하나 강사에게 물어보기도 하고 몇 군데 검색해봤더니 결국은 글쓰기 교육이었다.

본인은 우리나라 청소년들이 책을 많이 읽고 글로 자기를 마음껏 표현하는 능력을 많이 갖추었으면 좋겠다. 특히 농어촌 청소년들이 책읽기까지 좋아한다면 자연을 닮은 착한 인성에 날개를 달아 세상을 날아다닐 것 같다. 본인이 강 건너 북한 땅이 보이는 파주 북부에서 책방을 하고 있는 이유이다. 책방을 차릴 때 아이들에게 독서 통장을 만들어주고 책 열 권 읽으면 용돈 만원 준다 했다. 그런데 열 권 채우기는커녕 책방에 들어오는 아이가 없었다.

　그런데 요즈음 더 기발하고 훌륭한 생각을 해서 세상을 따뜻하게 하는 책방 주인이 나타났다. 청주 '책방앤' 대표이다. 어른들에게 선 결재 후원을 받아 청소년에게 책을 무료로 준다고 SNS에 올린 것을 보고 나 같은 사람 또 있네, 생각한 지 몇 달 지나지 않아 JTBC 뉴스에까지 소개 되었다. 그래서 본인도 뒤늦게 합류했다. 이웃한 '쑬딴스책방'과 함께. 주변 출판사 사장님들도 책으로 후원을 아끼지 않는다. 작은 동네책방에서 시작된 '청소년 책 사줄게' 운동이 나라 전역에 퍼지고 있다. 이대로 가면 청소년이 동네에 있는 책방에 들어가 책을 공짜로 들고 나오는 세계 유래 없는 나라가 될 것 같다. 나라가 좋아지려 하는 기운이 일어났다. 우리나라 청소년들은 책을 공짜로 보고 글 정도는 혼자서도 척척 잘 써낼 수 있게 되는 것이다. 어른들이 아이들 책을 사주는 나라! 이 얼마나 멋진가! 그야말로 바람이 일어나고 있다.

부록 1
〈벼락 논술! 1개월 계획안〉

기간	요일	솔루션 진행	워밍업 소설 책	권장 필독서
1주 필사	월	오전: 문학 제시문 필사		
	화	오후: 문학 답안 필사		
	수	오전: 사회 제시문 필사		
	목	오후: 사회 답안 필사		
	금	문학 제시문, 답안 필사		
	토	사회 제시문, 답안 필사		
	일	권장 필독서 읽기		『1984』 조지오웰 지음/민음사
2주 필사	월	문학 모범답안 필사		
	화			
	수	사회 모범답안 필사		
	목			
	금	문학 답안 필사		
	토	사회 답안 필사		『선량한 차별주의자』 김지혜 지음/창비
	일	사회 답안 필사		
3주 ~ 4주 논술	월~토	• 매일 논술 1편씩 쓰기 • 채점 기준에 따라 퇴고하기 • 퇴고한 논술을 원고지에 다시쓰기	『엔도 슈사쿠 단편선집』 엔도 슈사쿠 지음/어문학사	
	일	권장 필독서 읽기		

〈벼락 논술! 3개월 계획안〉

월간	주간	솔루션 진행	워밍업 소설 책	권장 필독서
1개월: 필사	1주 ~ 3주	월~수: 문학 제시문, 답안 필사 목~금: 사회 제시문, 답안 필사 토~일: 권장 필독서 읽기		『1984』 조지오웰 지음/민음사
	4주	월~수: 문학 모범답안 필사 목~금: 사회 모범답안 필사 토~일: 권장 필독서 읽기		
2개월: 논술		• 논술 3편 쓰기 • 채점 기준에 따라 퇴고하기 • 퇴고한 논술을 원고지에 다시쓰기 • 주말에 권장 필독서 읽기	『엔도 슈사쿠 단편선집』 엔도 슈사쿠 지음/어문학사	『선량한 차별주의자』 김지혜 지음/창비
3개월: 논술		• 매일 논술 1편씩 쓰기 • 채점 기준에 따라 퇴고하기 • 퇴고한 논술을 원고지에 다시쓰기 • 주말에 세상 밑녹시 읽기	『비행운』 김애란 지음/문학과지성사	『정의란 무엇인가』 마이클 샌델 지음/와이스베리

〈벼락 논술! 1년 계획안〉

월간	주간	솔루션 진행	워밍업 문학 책	권장 필독서
1월	1주 2주	월~수: 문학 제시문, 답안 필사 목~금: 사회 제시문, 답안 필사 토~일: 권장 필독서 읽기	『백석 시전집』 백석/ 창비	『1984』 조지오웰/민음사
	3주 4주	월~수: 문학 모범답안 필사 목~금: 사회 모범답안 필사 토~일: 권장 필독서 읽기		
2월	1주 2주	월~수: 문학 제시문, 답안 필사 목~금: 사회 제시문, 답안 필사 토~일: 권장 필독서 읽기	『엔도 슈사쿠 단편선집』 엔도 슈사쿠 /어문학사	『선량한 차별주의자』 김지혜/창비
	3주 4주	• 논술 4편 쓰기 • 채점 기준에 따라 퇴고하기 • 퇴고한 논술을 원고지에 다시쓰기 • 주말에 권장 필독서 읽기		
3월	1주 2주	월~수: 문학 제시문, 답안 필사 목~금: 사회 제시문, 답안 필사 토~일: 권장 필독서 읽기	『비행운』 김애란 지음 /문학과지성사	『정의란 무엇인가』 마이클 샌델 지음 /와이즈베리
	3주 4주	• 논술 4편 쓰기 • 채점 기준에 따라 퇴고하기 • 퇴고한 논술을 원고지에 다시쓰기 • 주말에 권장 필독서 읽기		

4월	1주 2주	월~수: 문학 모범답안 필사 목~금: 사회 모범답안 필사 토~일: 권장 필독서 읽기	『사랑과 결함』 예소연 /문학동네	『이기적 유전자』 리처드 도킨스 /을유문화사
	3주 4주	• 논술 4편 쓰기 • 채점 기준에 따라 퇴고하기 • 퇴고한 논술을 원고지에 다시쓰기 • 주말에 권장 필독서 읽기		
5월	1주 2주	월~수: 문학 모범답안 필사 목~금: 사회 모범답안 필사 토~일: 권장 필독서 읽기	『소년이 온다』 한강/창비	『공정하다는 착각』 마이클 샌델 /와이즈베리
	3주 4주	• 논술 4편 쓰기 • 채점 기준에 따라 퇴고하기 • 퇴고한 논술을 원고지에 다시쓰기 • 주말에 권장 필독서 읽기		
6월	1주 2주	월~수: 문학 모범답안 필사 목~금: 사회 모범답안 필사 토~일: 권장 필독서 읽기	『타인의 집』 손원평/창비	『청소년을 위한 역사란 무엇인가』 최경석/살림 Friends
	3주 4주	• 논술 4편 쓰기 • 채점 기준에 따라 퇴고하기 • 퇴고한 논술을 원고지에 다시쓰기 • 주말에 권장 필독서 읽기		

7월	1주 2주	월~수: 문학 모범답안 필사 목~금: 사회 모범답안 필사 토~일: 권장 필독서 읽기	『맛』 로알드 달 /교유서가	『이타적 유전자』 매트 리들리/ 사이언스북스
	3주 4주	• 논술 4편 쓰기 • 채점 기준에 따라 퇴고하기 • 퇴고한 논술을 원고지에 다시쓰기 • 주말에 권장 필독서 읽기		
8월	1주 2주	월~수: 문학 모범답안 필사 목~금: 사회 모범답안 필사 토~일: 권장 필독서 읽기	『컵라면은 절대로 불어선 안돼』김지완 /문학동네	『나는 풍요로웠고 지구는 달라졌다』 호프 자런 /김영사
	3주 4주	• 논술 4편 쓰기 • 채점 기준에 따라 퇴고하기 • 퇴고한 논술을 원고지에 다시쓰기 • 주말에 권장 필독서 읽기		

9월	1주 ~ 4주	• 논술 일주일에 3편씩,
		  12편 쓰기
		• 채점 기준에 따라 퇴고하기
		• 퇴고한 논술을 원고지에
		  다시쓰기
		• 주말에 권장 필독서 읽기
			『쓰는 몸으로
			살기』
			김진해
			/한겨레 출판
				『파란하늘
				빨간지구』
				조천호
				/동아시아

10월	1주 ~ 4주	• 논술 일주일에 3편씩, 12편 쓰기 • 채점 기준에 따라 퇴고하기 • 퇴고한 논술을 원고지에 다시쓰기 • 주말에 권장 필독서 읽기	『고요한 읽기』 이승우 /문학동네	『사피엔스』 유발 하라리/ 김영사
11월	1주 ~ 4주	• 논술 일주일에 3편씩, 12편 쓰기 • 채점 기준에 따라 퇴고하기 • 퇴고한 논술을 원고지에 다시쓰기 • 주말에 권장 필독서 읽기	『젊은 작가상 수상 작품집』 문학동네	『헌법 제1조, 파시즘을 쏘다!』 박홍규/ 틈새의시간

부록 2

어려서부터 문해력 높이는 비결

대학입시에서 논술전형은 사라지지 않을 거라고 본다. 왜냐하면 둘째 아이처럼 글 한번 잘 쓰면 대학에 붙을 수 있다는 약간의 도박 심리? 때문에 경쟁률이 어마어마하기 때문이다. 그 많은 아이들에게 받은 원서전형료로 대학들은 돈을 번다. 대학들이 또 논술전형을 좋아하는 이유는 논술로 들어온 아이들이 똑똑하기 때문이다. 그렇기에 어려서부터 논술형에 어울리는 아이로 키운다면 많은 기회를 가지는 사람이 될 수 있다.

독서 지도 현장에서는 요즈음 들어 특히, 책을 읽었는데 기억을 못하는 아이들을 많이 만나게 된다. 난독증인가 의심될 수준의 아이들이 점점 더 많아지는 것이다. 왜일까? 책의 이미지와 아이의 경험 이미지에 괴리가 크기 때문이다. 어른 세대들은 책의 장면과 경험이 일치하는 삶을 살았다. 그래서 그리 책과 가까이 지내지 않았어도 웬만한 텍스트는 이해한다. 그런데 요즈음 아이들은 일상을 살고 있지만 일상에서 다양한 이미지를 보지 않는다. 아이들이 보는 이미지는 대개 똑같이 생긴 집(아파트), 학교, 학원, 영어 단어장, 수학 문제집, 숏츠, 게임이다. 그래서 책을 읽고 이미지를 떠올리는 것이 어려워 글자만 읽고 나서 읽었다고 믿는 것이다. 책에 나온 단어를 모르는 게 아닌데 책 내용을 이해하지 못한다. 이런 아이들에게 '예를 들면 이런 거야, 드라마에 자주 나오는 장면인데?' 하면, '저, 드라마 안 보는데요?', '주변에 이런 친구들 있잖아?' 하면, '저는 못 봤는데요?' 한다. 괜히 딴지걸고 싶어서가 아니다. 정말 모르는 거다.

이렇게 말하면 우리 집 아이는 아니라고 반문하고 싶을 것이다. 주말에 여행 많이 데리고 다닌다고. 여행을 엄마 아빠가 데리고 다니기 때문에 다닌 곳은 많아도 아이의 경험은 축소될 수 있다. 몸으로 부대끼는

다채로운 이미지가 아니라 경관 위주로 보고 맛집에서 먹는 단순한 이미지를 보는 거니까. 특히나 숏츠를 많이 보는 사람들은 일상의 장면도 다각도로 보지 않고 눈앞의 것만 생각 없이 보고 지나치는 습관이 들기 때문에 여러 나라를 여행했다는 아이와 독서 수업을 해도 문해력과는 별개였다.

우리 집 아이들은 스무 살이 넘은 성인이지만 어려서부터 지금까지 앞으로도 꼭 지키는 것이 있다. 차 안에서 핸드폰 하지 않기. 풍경을 봐야 한다. 식탁에서 핸드폰 하지 않기. 가장 원초적 감각을 사용하는 먹는 것을 제대로 즐겨야하기 때문이다. 사람을 앞에 두고 핸드폰 하지 않기. 일단 예의가 먼저이고, 사람과 대화에 집중하면 사고력과 공감 능력이 높아지기 때문이다.

또 하나 짚고 넘어갈 것은 어릴 때는 책 보다 노는 것이 먼저라야 한다. 친구들과 놀면서 익히는 신체 발달, 공감 능력, 놀이 공간의 이미지가 몸에 먼저 배어 있고, 토대가 되어 있어야 독해 능력이 올라간다. 그런데 친구들이 다 학원에 가고 놀 친구가 없는 게 현실이고 가뜩이나 맞벌이 하는 집 아이들은 어쩌란 말이냐고, 시대가 바뀌었는데 옛날 얘기 하지 말라고 반문하고 싶을 것이다. 방법이 있다. 인위적으로라도 단체 생활에 들어갈 기회를 만들어야 한다. 단체생활은 학교에서도 하지 않느냐고 또 반문하고 싶겠지만 학교 단체 생활은 아이들이 한 곳(칠판과 선생님)을 보고 있기 때문에 경험의 폭을 넓히는 데 한정적이다. 그러면 어디를 보내야 하나? 몸을 많이 움직이고 체험 학습을 많이 하는 방과 후 프로그램이나 주말 종교 단체 생활에 보내는 것이다. 주일학교로 불리는 그곳에서 친구들과 마을 청년들과 어른들과 섞이며 많은 경험을 할 수 있다.

경험과 공감 능력이 독해력과 밀접하게 연결된다는 사실을 예로 들 수 있는 에피소드가 있다. 요즈음 아이들이 국어 시험 점수가 낮은 이유가 여기에 있다. 둘째 아이가 중학교 1학년 때 얼굴이 벌게져서 열을 내고 있어서 가보니 국어 시험지를 들고 있었다. 김유정의 〈동백꽃〉 지문이었다.

엄마, 그러니까 도망 다니고 숨는 게 왜 좋아해서 그

런 거냐고? 좋아하는데 왜 숨어? 그리고 왜 감자를 줘?

좋아하니까 감자를 주지. 싫어하는 데 주냐?

그러니까 왜 시비를 걸고 감자를 주냐고? 이해 할 수가 없어.

그럼 너는 좋아하는 애한테 어떻게 해?

웃으면서 좋은 걸 선물해주지. 그리고 좀 부끄러우면 고개 숙이고 지나가. 도망 안가고.

그래? 다 너 같지는 않아. 너무 부끄러워서 도망 갈 수도 있고, 좋아하는 마음과 반대로 표현하는 게 관심일 수 있어. 보여 줄까? 봐라.

남편에게 말했다.

오빠, 나 좋아해?

아니, 하나도 안 좋아해.

봐라, 아빠가 엄마 좋아하면서 반대로 말하잖아.

하하하, 아빠 말 진짜 아닐까?

아빠 표정을 봐라, 장난인 거 안보이나?

이렇듯 단어 뜻을 다 알아도 텍스트를 잘못 읽는 문해력이 저하된 상황을 요즈음 아이들에게서 많이 보게 된다.

그러면 책을 읽고 내용을 기억하지 못하는 아이들은 어떻게 해야 하나? 일단 긴 글 보다 짧은 글을 묵독하게 하고 몇 가지 질문을 한다. 텍스트를 얼마나 이해했는지 점검하는 것이다. 그리고 어떤 장면을 머릿속에 떠올렸는지 물어본다. 아이가 대답하지 못해도 질책하지 않고, 같은 지문을 다시 소리 내어 읽게 한다. 아이 혼자 읽기 힘들어하면 한 문단씩 교사(부모)와 나누어서 읽는다. 그러고 나서 또 어떤 장면을 떠올렸는지 물어본다. 이때도 대답을 못하면 혹여 컨디션이 좋지 않은 건지 일단 체크를 해 두고 내용을 말 해준다. 이런 현상이 다음 수업 에도, 그 다음 수업에도 계속 반복된다면 난독증 치료에 들어가야 한다. 대부분의 아이들이 짧은 글에서는 대답을 잘 한다. 본인이 묵독을 할 때 어떤 부분을 놓쳤는지 딴 생각을 한 것인지 스스로 깨닫게 된다. 이 방법으로 책 한 권을 일주일 간 하루에 한 챕터씩 읽게 하는데 딴 생각이 나면 다시 처음으로 돌아가 읽고, 또 딴 생각이 나면 소리 내어 읽으라고 한다. 일주일 뒤 책 한권을 다 읽고나서 목차를 보고 대충 줄거리가 생각나면 다행인데,

안 나면 책을 다시 읽는다. 대부분의 아이들이 이렇게 책을 두 번 읽으면 내용을 잘 기억해서 말하게 된다.

문해력을 높이는 방법은 한 마디로 여유 시간을 어떻게 보내느냐이다. 책을 읽을 수 있는 시간, 인생 경험을 할 수 있는 시간, 잡생각을 할 수 있는 시간이 확보되어야 문해력은 높아진다. 학교 끝나고 밥 먹을 시간도 없어서 김밥이나 샌드위치로 때우고 학원 갔다와서 한 숨 돌릴 틈도 없이 수행평가 과제를 해야 하거나 학원 숙제를 하고 책상에 엎드려 자는 아이를 일으켜서 침대에 눕히는 일상에서는 불가능하다.

집에 와서 여유롭게 저녁 먹으면서 엄마 아빠와 실없는 농담 하고, 샤워도 여유롭게 하고,(샤워하면서 창의적인 생각 하는 사람 많다. 본인도 그렇다. 부드럽고 시원한 물줄기, 깨끗하게 씻어지는 몸, 잡스러운 생각도 물에 흘려보내고 나면 요즘 하고 있는 프로젝트에 어떤 아이디어를 담을 지 생각이 떠오르는 것이다.) 공부 좀 하고 있는데, 거실에서 엄마 아빠가 TV 보면서 하는 말에 솔깃해서 방문 열고 빼꼼히 고개를 내밀었다가 나와서 소파에 쿠션을 껴안으며 앉는 아이. 이 녀석 공부를 너무 안 해서 안 되겠다 싶어 'TV 끄고 다 같이 책 읽자!' 해서 가족 모두가 책 읽는 시간을 일주일에 한 번 이상 가지는 집. 30분 지나면 잡담이 나오는 가족 분위기. 토요일에 동아리 친구들 만나기로 했는데, 뭐 입고 가지? 옷 사달라는 소리냐? 아니! 고민할 만큼 옷이 많지 않으니 그 생각은 접어두길 바란다. 그래.

우리 아이는 집에서 만날 이러고 노는데 왜 문해력이 좋지 않나요? 그거 시간을 허비해서이다. 요지는 문제 풀이식 공부에 매달리기보다 책을 읽고, 대화하고, 체험하는 공부를 해야 한다는 거다. 또한 경험을 많이 해야 문해력이 높아지는데 그러려면 우리나라 고등학교가 혁신해야 한다. 고등학교 3년은 세상 속의 나를 알아가는 시기다. 세상은 이렇게 저렇게 돌아가는 것 같은데, 나는 무엇을 좋아하지? 무엇을 해야 행복하게 살까를 고민하는 때란 말이다. 그런데 입시라는 한 곳을 바라보게 하는 교육 현실에서 아이들이 무엇을 고민할 수 있을까?

큰 아이는 대안 고등학교에 갔다. 교육청 인가를 받

은 학교라서 대안학교라고하기에 뭣하지만 대안 교육을 철저하게 실천하는 학교였다. 수업을 교사 위주로 일 방향으로 하지 않고 토론을 겸비해서 다 방향으로 하고, 일 년에 두 번 국토 장정을 했다. 정규 수업 시간에 아이들을 데리고 카페에 가기도 하고, 학교 주변을 산책하며 시를 쓰기도 했다. 체육대회를 1박2일로 하고, 매년 하는 축제를 2박 3일로 하며 학부모, 졸업생을 다 초대했다. 아이가 그 학교에 가야겠다고 결심한 것은 교육설명회에 가보니 아이들이 주체가 되어 학교 운영을 하고 있었고, 교장선생님이 교장실에 앉아있지 않고 일반 선생님과 똑같이 수업을 맡고 있어서이다. 그 전까지 시험 성적이 하도 낮아서 비평준화인 파주 지역 학교를 갈 수 있을까, 못 가면 홈스쿨 시켜야지 생각하고 있었다, 그런데 그 학교에 가고 싶다는 목표가 생긴 아이는 막바지에 피땀 흘려 공부하더니 높은 성적을 받아 합격했고, 졸업 때는 학교 활동이 기록된 1cm는 족히 되어 보이는 두께의 생활기록부를 받아왔다. 그래서인지 대입에 쓴 수시 원서가 모두 합격증으로 돌아왔다.

대안학교 못간 우리 아이는 어떻게 하냐고? 인문계 학교는 대안학교 보다 못한 감은 있지만 교내 활동을 충실히 하고, 꼭 대학에 합격하지 않아도 잘 살 수 있다는 긍정 마인드로 학교를 즐겁게 다니며 학원은 좀 줄이고 친구들과 만나는 시간을 많이 가지면 된다. 주말을 이용해서 지역에서 하는 청소년 프로그램이나 도서관 프로그램에 참여하며 경험을 쌓는 기회를 많이 가지면 된다. 학교에서 하는 동아리 활동을 적극적으로 주체적으로 하며 주말에도 만나서 프로젝트를 수행해 보는 방법도 있고, 뜻하면 길은 열리게 되어 있다.

부록 3

글 잘 쓰는 아이로 키우는 비결

문해력이 높고 논술 시험 연습도 한 장 안 써보고 가서 단 번에 합격한 큰아이의 일상은 늘 게임이었다. 엄마가 보는 앞에서 공부를 하는 것이 쑥스러운 건지 늘 게임 하는 모습만 지금도 보이고 있다. 학원 한 번 다니지도 않았다. 그런데 어떻게 이 아이는 이토록 글을 잘 쓸까?

어느 정도로 잘 쓰기에 자랑질이냐고? 허구헌날 게임만 하는데 이번에는 한 소리 해야지 벼르고 있던 날 가족 톡방에 이런 게 올라왔다. 어제 과제를 제출했는데 교수님 피드백이 너무 좋다는 거다. 어제? 너 게임만 했는데 언제 과제를 했어? 엄마 잠들었을 때 한 두어 시간 썼어. 그런데 피드백이 좋다고? 뻥 치지마! 진짜야! 하면서 학과 사이트에 올라온 피드백을 찍어서 올려줬다. 사회학과에 다니는데 범죄학 뭐시기 과목을 들은 것 같다.

"철* 학생, 이번 과제는 놀라운 완성도를 보여 주었습니다. 드라마 '시그널'의 서사를 충실히 재구성하면서, 수업 시간에 다룬 다양한 이론적 틀–낙인이론, 비판 범죄학, 낙인 5단계 모델, 일탈의 4유형, 프로파일링의 구조적 한계– 등을 정교하게 연결하여 분석하신 점이 특히 인상 깊었습니다.

현실의 프로파일링과 드라마 속 묘사의 차이를 균형 있게 조망하며, 대중문화가 재현하는 범죄 담론의 윤리성과 효과를 비판적으로 성찰하려는 시도가 매우 돋보였습니다. 미디어가 범죄를 선정적으로 소비하는 구조적 문제에 대해서도 날카롭게 지적하셨고, 피해자 중심의 시각, 권력형 범죄에 대한 민감한 감수성, 시청자의 역할에 대한 윤리적 문제까지 섬세하게 짚으셨습니다.

글의 구성도 서론–본론–결론 구조에 충실하며, 가장에서 제시한 이론적 개념을 실제 사례와 유기적으로 연결해 풀어낸 방식은 매우 높은 수준의 학술적 글쓰기에 가깝습니다. 문장력, 논리, 문제의식 모두 뛰어났고, 무엇보다 '3-4학년 전공 과제'로서 기대되는 깊이와 복잡성을 충분히 갖춘 과제였습니다. 성실하고 인상적인 분석, 훌륭했습니다."

와! 진짜네? 그런데 엄마가 잠든 두어 시간에 써서 냈다고? 네가 이렇게 천재성이 있었다고? 이런 능력을 진작 좀 발휘했으면 서울대 가지 않았을까? 그 게임 좀 그만하고 말이지. 아! 엄마! 서울대가 다가 아니라니까 그러네! 두고 봐! 누가 더 잘되는지. 어허! 그래그래, 우리 아들 믿어 볼게!

① 책이 널려있는 환경이지만 부족하게

남편과 나는 출판사에 근무하며 종로서적에서 처음 만나 두어 번 데이트를 하고 살림을 합쳤다. 나와 결이 비슷한 이 사람을 놓치면 영영 결혼을 못하게 될 것 같은 강렬한 예감에 사로잡혀 한 몸 던지고 말았다. 관심사가 책이고 문학인 우리 부부는 지금까지도 인터넷 서점 판매지수가 높은 책의 비결이 어떻고, 노벨문학상 받은 한강 작가와 후보 작가의 차이점을 논하곤 한다. 거실 한 쪽 벽면은 다 책이다. 그곳에 꽂고도 남아서 바닥에 굴러다니고 정리 안한다고 싸우곤 한다.

그런데 여기서, 이런 말을 하고 싶은 사람이 있을 것이다. 우리 집도 거실 한쪽 다 책인데요? 아이들 책 사느라 수 천 만원 썼어요. 그러면 안 된다. 아이들 책, 특히 아이들에게 꼭 필요하다고 침 튀기며 파는 전집 사느라 수백, 수천을 써서는 안 되는 것이다. 넘치면 부족하니 만 못하다는 말이 있다. 우리 집에는 어른 책이 많지, 아이들 책은 많지 않다. 부족해야 갖고 싶고, 더 하고 싶은 것이다. 어떻게?

책은 낱권으로 사는 게 좋다 전집을 수두룩 빽빽 꽂

아놓으면 아이는 우리 엄마는 나에게 바라는 것이 많나 보다, 내가 아무리 열심히 해도 저 전집 수만큼은 따라가지 못할 것이다, 생각한다. 그래서 아예 엄마에게 기대감을 주지 말자는 전략을 펼쳐서 책을 읽지 않게 될 수 있다. 당장 홍당마켓에 팔고 그 돈으로 이렇게 책을 사길 바란다. 우리집은 한 달에 10만원씩 아이들 책 사는 돈으로 때어놓았다. 다른 집은 학원비로 100만원도 쓰는데, 학원 안 가는 대신 아이 한 명당 5만원씩 책 살 돈으로 쓰는 것이다. 그래서 아빠와 함께 인터넷 서점을 서치하며 직접 책을 고르게 했다.

그러면 만화책만 사달라고 하는데요? 우리 아이들도 만화책만 골랐다. 그럼 만화책 두 권, 줄글 책 한 권씩 골라봐. 아이들은 신나서 고른다. 집에 책이 배달되면 기대감 부푼 얼굴로 포장지를 박박 찢고 그 자리에서 만화책을 읽는다. 읽고 또 읽는다. 줄글 책은 저만치 던져둔다. 그러면 어떻게 하냐고? 내버려둔다. 만화책을 10번 읽고 나면 심심해서 줄글 책을 읽는다. 자기가 고른 거니까 궁금한 마음이 드는 것이다. 그걸 어떻게 기다리고만 있어요? 속도 편하네요. 내 속이 편한 게 아니다. 만화책 10번 읽는 시간이 그리 길지 않다. 만화책이니까. 우리가 어렸을 때 만화방에서 시리즈 20권짜리, 30권짜리 빌려와서 단숨에 읽었던 것을 생각해 봐라.

다 읽고 한참 기다려야 다음 달이 되어 책 살 기회가 또 생긴다. 다음 달까지 기다리기 초조한 아이들이 읽은 책을 또 읽는다. 책은 반복해서 읽으면 깊이 읽기, 정확하게 읽기가 저절로 되는 것이다. 큰 아이에게 출판사에서 많은 책을 줬지만 결코 저집만큼 많지 않았다. 아이가 한글도 떼기 전에 책을 외웠던 것은 같은 그림책을 매일 같이 읽어달라고 졸랐고, 힘들어하지 않고 읽어줬기에 가능했다. 이렇게 하면 책 읽는 습관이 자리 잡게 된다. 요즈음은 동네 책방이 많다. 동네 책방에 가서 읽고 싶은 책이 없으면 주문하면 갖다 놓는다. 책을 찾으러 가면 단골손님인 아이가 예뻐서 조그만 선물도 종종 줄 것이다. 책방에 계신 동네 어른들에게 예쁨 받는 아이가 될 수 있다.

또 도서관에 자주 가야 한다. 집에 책을 깔아놓고 도서관에 자주 가라는 솔루션은 어디서나 많이 들어봤

을 것이다. 그런데 도서관에 어떤 이유로 가서 어떻게
하느냐가 중요하다. 여기서도 넘치지 않게, 감질나게
해야 한다. 친구네 모녀와 도서관에 가면 친구는 에코
가방 가득 책을 담아오곤 했다. 가족 이름으로 다 빌
려서 가방도 한 개가 아니었다. 그 가방을 내가 들어
주며 물었다. 이 많은 책을 2주 만에 다 읽어? 응. 와!
여자 아이들은 확실히 다른가보네. 나는 이렇게 말했
지만 속으로는 다른 생각을 했다. 책을 많이 읽는다고
효과가 있는 게 아닐 텐데. 그 집 아이들도 지금 성년
이 다 되었다. 음, 이쯤 말해두겠다.

　우리 집 아이들은 도서관에 가면 책을 빌리지 않았
다. 내가 빌리라고 말하지도 않았다. 도서관은 엄마가
가는 곳이고, 따라 가면 맛있는 간식을 얻어먹을 수 있
어서 줄기차게 따라왔다. 도서관은 들어가서 후딱 책
을 빌려 나오는 곳이 아니다. 적어도 30분 이상은 앉
았다가 와야 한다. 우리집 아이들은 도서관을 통해 공
공장소에서는 조용히 있어야 한다는 것을 배웠다. 봐
라, 여기 사람들 다 책 보고 있지? 너도 저 사람들처럼
가만히 앉아 있을 수 있지? 아니, 싫어! 싫으면 안 돼!

엄마가 오늘 이 자료를 꼭 찾아야 돈을 벌 수 있어. 그래야 너희 좋아하는 레고도 사줄 수 있어. 엄마는 여기서 4시까지 있을 거야. 그 전에는 못 나가.

자료를 찾으며 아이들을 보면 천천히 깨금발로 도서관 곳곳을 돌아다녔다. 큰 아이의 인상적인 행동은 책 등을 손으로 한 권 한 권 짚으며 다닌다는 것이다. 작은 아이는 처음에 몇 번 나가자고 조르다가 포기하고 어딘가에서 엎어져 자고 있곤 했다. 내가 집에 가자 하면 빈손으로 나왔다. 재미있는 책이 없어? 있는데, 아빠한테 사달라고 할래. 읽고 싶은 책을 도서관에서 탐색해서 사는 아이, 음, 책 부르주아? 그리고 나와서는 세상 맛있는 간식을 먹었다. 메뉴는 떡볶이, 닭 강정, 솜사탕, 아이스크림 등등. 먹고 문방구에도 갔다. 포켓몬 카드도 사고, 천 원짜리 미니 레고도 산다. 도서관 나들이는 아이들에게 달콤한 초콜릿 같은 추억이 된다.

도서관 가서 책도 안 빌려온 얘기가 글쓰기 실력 키우기와 무슨 상관일까? 상관 많다. 아이는 30분이나 넘게 주용히 있으며 참을성을 길러 학가 나두 한번 쯤

숨고르기를 하고 말하는 법을 자연스럽게 익혔고, 책 등을 손으로 짚으며 어휘력을 길렀다. 그리고 중요한 것을 깨달았다. 세상 사람들은 도서관에서 책을 읽는 다는 사실을.

요즈음은 동네 작은 도서관이 인기다. 이곳에 가면 동네 언니 오빠들 다 만날 수 있고, 프로그램도 좋다. 우리 아이들은 '동네 탐험대'가 되어서 온 동네 돌아 다니면서 지도를 그리고, 자기가 좋아하는 가게에 대 해 발표하고 글도 쓰는 프로그램에 참여했던 얘기를 지금도 재미있었다며 이야기한다.

② 잘 물어보자!

글 잘 쓰는 아이로 키우려면 물어보기를 잘 해야 한 다. 어려서부터 스스로 논리력을 키우는 힘을 기르는 것이다. 왜? 왜 그렇게 생각해? 라고 물으면 될까? 안 된다. 생각해 보라. 나와 가장 가까이에 있는 사람이 내가 무슨 말만 하면 왜? 왜 그렇게 생각해? 라고 묻는 다고 상상만 해도 숨이 턱턱 막히지 않는가? 드라마에 도 이런 말이 나온다. '홍시 맛이 나서 홍시라고 말했는데, 왜 홍시 맛이 나냐고 물으시면 그저 홍시 맛이 날 뿐인데~' 우리 엄마들, 숱하게 물었다. 왜? 왜 그렇게 생각해? 그러면 아이들은 뭐라고 답하는가? 그냥!

차라리 묻지 말라고 말하고 싶다. 묻지 않고 묻는 방법이 있다. 아이가 물을 때 잘 들었다가 다시 돌려주는 것이다. 너는 어떻게 생각하는데? 엄마에게 왜 물어보고 싶었어? 예를 들면 아이가 엄마는 왜 비 오는 날이 좋아? 라고 물었다 치자. 철*이는 엄마가 비오는 날을 좋아하는 것처럼 보였어? 응. 어떤 점에서? 엄마가 비오는 날에는 많이 웃고, 부침개 구워 주잖아. 그러면 엄마가 비 오는 날 보다 부침개를 좋아할 수도 있지 않을까? 음, 그러네. 엄마는 비를 좋아하는 지 스스로 생각해 본 적 없는데, 비 오는 날에는 밖에 안 나가고 너희랑 부침개 부쳐 먹는 시간이 좋아. 부침개도 맛있고. 응, 그렇구나!

한 예로는 이해가 잘 안될 수도 있다. 다른 예를 들어보겠다. 운전하고 가는데 뒷좌석에 앉은 아이가 묻는다. 엄마, 저 자동차는 왜 저렇게 빨리 가? 그러면 질문을 다시 돌려준다. 그러게, 왜 저렇게 빨리 갈까?

음, 무엇이 급했을까? 그러게, 무엇이 급했나? 저렇게 빨리 갈 만큼 급한 게 무엇인지 우리 상상해 볼까? 음, 누가 아파서 병원에 가나? 그럴 수도 있겠다. 약속 장소에 늦었을 수 있겠다. 그 약속이 뭘까? 친구가 어디 멀리서 와서 짐을 실어줘야 하나보다. 음, 그럴 수도 있겠다. ……

또 엄마들이 섣불리 많이 하는 질문이 있다. 책을 읽고 난 아이에게 무슨 내용이냐고 묻는다. 자신은 좀 다르게 우아하게 물어본다는 것이 가장 기억에 남는 장면이 뭐냐고 묻는다. 이거, 안 된다. 이 또한 입장을 바꿔놓고 생각해 봐라. 우리가 장편 소설 한 권을 읽었다고 치자. 처음부터 끝까지 줄거리를 좔좔좔 말할 수 있는 사람이 몇 명이나 될까? 말할 수 있어도 말 하지 않고 싶을 수 있다. 말을 하려다가 너무 길어질 것 같은 답답함에 참지 못하고 이렇게 대답할 것이다. 하여간 재미있어, 너도 읽어봐. 기억에 남는 장면을 말할 때도 그걸 말하려면 앞 뒤 얘기를 해줘야 하는데? 어쩌지 고민하다가 자신도 모르게 내뱉는 대답은 너도 읽어보면 기억에 많이 남을 거야.

15년간 독서지도사 일을 하면서 초등생 입회 상담을 가면 엄마들이 십중팔구 이런 고민을 털어놓는다. 아이가 한 시간도 안 되어서 책을 뚝딱 읽었다고 하는데, 제대로 읽었는지 모르겠어서 자꾸 물어보게 되어요. 우리 큰 아이도 마찬가지였다. 이 아이가 특히 번갯불에 콩 구워 먹듯이 책 한 권을 뚝딱 읽고 뚝딱 읽었다. 한 페이지씩 사진 찍듯이 눈으로 찰칵 읽고 넘기고 찰칵 읽고 넘기고 했다. 너, 제대로 읽는 거야? 응, 제대로 읽었는데? 책 줘봐. 해서 물어보면 다 대답을 했다. 너, 속독법을 어떻게 익혔어? 그냥.

  이건 책을 많이 읽어서 자연스럽게 익힌 방법이고, 책을 많이 읽지 않고 띄엄띄엄 읽는 아이들에게는 이렇게 질문해야 한다. 엄마는 네가 그 책을 읽고 가장 궁금하게 생각되는 게 뭔지 궁금하다. 질문 돌려주기 식 대화법에 익숙해진 아이는 엄마에게 되물을 지도 모른다. 그게 왜 궁금한데? 엄마가 그랬잖아? 수업시간에도 책 읽거나 뭐 할 때도 한 가지만 남겨도 된다고. 엄마는 철*이가 그 책을 읽고 마음속에 남긴 한 가지가 뭔지 궁금한 거지. 그래? 그럼 한 가지만 말할게. 나는 이 주인공이 왜 이렇게 멍청한 지가 궁금해. 어떤 점이 멍청하게 보였어? 음, 그건 말이지, 하고 아이는 자신도 모르게 책 내용을 3~5분 정도 말하게 된다. 자신이 묻고 자신이 답하는 이런 식을 지인 강사는 '하브루타 질문법'이라고 했다.

성인이 된 아이는 자신도 모르게 빠져든 3분 스피치의 늪에서 아직도 헤어나지 못하고 있다. 내 아들로 태어난 이상 영영 빠져나오지 못할 것이다. 경주에서 조수석에 탄 아이가 차창에 지나가는 풍경을 보며 말했다. 엄마, 경주의 건물은 모두 산 보다 높지 않네. 그렇구나. 내가 예전에는 그렇지 않았는데 군대에 갔다 오고 나서 산과 건물의 제일 높은 꼭짓점을 보는 버릇이 생겼어. 왜 생겼는데? 그건 말이지! 아이는 내가 알아듣고 싶지 않은 군대의 세계에 대한 강의를 3분가량 했다. 이 3분에서 5분간 자신이 아는 영역에 대한 말하기가 바로 논리구사력과 닮아 있다.

부모도 모르는 것이 많은 존재임을 인정하고, 아이에게 되물으면 된다. 그러게, 왜 그럴까? 내가 물어봤잖아!! 엄마도 모르겠어서 그러지. 엄마 설거지해야 하니까, 네가 검색해서 큰 소리로 읽어줘. 엄마 들리게.

③ 글을 써서 보여줄 때, 무조건 칭찬해라.

글도 예술의 영역이다. 돈 안 드는 아주 실효성 있는 예술. 쉽게 예를 들어보겠다. 아이가 그림을 그려오면 어떤 말을 하는가? 큰 도화지에 졸라맨 두어 명 그려와도 칭찬하지 않는가? 아이고, 우리 철*이가 조그만 손으로 이렇게 그렸어? 아이고, 잘 그렸네. 또 그려봐. 또 그려오라고 하는 이유는 다 알 것이다. 아이가 그림 그리는 사이에 집안 일 같은 다른 일을 하려고. 아이는 주구장창 그림을 그려오고 엄마는 무조건 칭찬한다. 급기야 이런 경지까지 간다. 우리 집안에 피카소가 있었네. 글도 피카소 그림처럼 마음을 표현하는 도구다.

독서지도 입회 상담을 가면 엄마들은 또 십중팔구 이런 고민을 털어놓는다. 책읽기를 좋아하는 아이가 되었으면 하는 마음은 당연하고, 하나 더 얹어서 글을 잘 쓰는 아이가 되었으면 좋겠어요. 우리 아이는 맞춤법도 다 틀리고, 두세 줄 써 놓고 다 썼다고 박박 우기는데, 좀 더 길게 쓰라고 하면 화를 낸다니까요. 당연히 화가 나지요. 두 세줄 쓴 것도 자기 딴에는 노력한 것일 텐데요. 글쓰기를 못해서 그런 거잖아요. 꼭 못해서라고 단정 지을 수 없지요. 놀고 싶어서일 수도 있고, 생각하다가 중단했을 수도 있고, 여러 가지 이유가 있겠지요. 어머님은 아이가 글을 길게 내용을 풍성하게 담아서 쓰길 원하시는 거죠? 네, 그렇죠. 어머님, 아이가 그림을 그렸을 때 칭찬 많이 하시지요? 사람 한 명 그려왔을 때 이렇게 그리면 어떻게 해? 하고 야단치셨나요? 아니오. 글도 한 줄 써왔을 때부터 칭찬하셔야 합니다. 뭘 보고 칭찬해요? 칭찬을 만들어서 하셔야 합니다. 칭찬할 거리는 많아요. 우리 철*이가 이런 생각을 했구나. 오! 한 줄의 메시지, 아주 강렬한데? 이런 표현 너무 좋은데? 이런 단어를 알고 있었어? 그러면 아이는 자기가 글을 잘 쓰는 사람이구나 생각하고 또 써오고, 또 써오고 합니다. 그럴 때 계속계속 칭찬해주세요. 맞춤법도 다 틀렸는데요? 맞춤법 중요하지 않습니다. 글을 많이 쓰다보면 다 고쳐집니다. 컴퓨터가 알아서 고쳐주는 거 보고 자연스럽게 익히게 됩니다. 어머님, 초등학교에서는 시험도 안보는데 뭘 걱정하십니까? 중. 고등학교 가서도 이럴까봐 걱정이지요. 중. 고등학교 가면 이러지 않습니다. 어머님이 칭찬해 주시면요. 하하, 그렇군요. 저에게 맡겨주시면 저는 자존감 올리는 글쓰기 지도를 합니다. 아이가 스스로 묻고, 스스로 답하는, 스스로 쓰고, 스스로 고치는, 교사의 생각을 주입하지 않는 지도를 합니다. 맡겨주시고 어머님은 칭찬만 해주세요.

글쓰기 지도 현장에서만 이러는 게 아니다. 실지로 아이 둘 다 글을 써오면 무조건 칭찬했다. 글쓰기 지도하는 일을 하는 엄마인데, 아이들은 빨간 펜 첨삭을 받은 적이 한 번도 없다. 왜 그랬냐면 가장 사랑하는 엄마에게 인정을 받아야 밖에서도 인정받는 사람이 될 거라고 생각했기 때문이다. 이렇게 칭찬의 밭에서 뛰어놀며 글을 거리낌 없이 써왔기에, 책과 담 쌓고 산 둘째 아이가 한 달 남겨두고 논술에 도전하는 무모한 결정도 내릴 수 있었다고 본다. 아이들은 근자감(근거 없는 자신감)을 가져야 무엇에든 도전한다. 둘째 아이가 논술 공부를 하고나서 대단한 말을 했다. 엄마, 내가 공부를 해보니까 이 세상에서 가장 중요한 것은 국어라는 걸 알게 되었어. 내가 역사를 잘 하긴 하는데, 역사는 그냥 알고 있으면 되는 거 같아. 그래서 나는 사범대 국어교육과를 가볼까 생각해. 푸하하, 네가 얼마나 공부를 했다고? 전지적 작가 시점이니, 1인칭 관찰자 시점이니, 이런 어려운 말을 나 없을 때 자기들끼리 정해놓고 왜 나한테 물어보는 거야? 이런 거 몰라도 책 읽을 수 있는데! 라고 불평하던 아이가 맞나? 네가 생각해도 좀 말이 안 되는 거 같지 않냐? 맞아, 말이 안 되지. 그런데 깨달았는데 어떻게 해? 오! 우리 아들이 큰 거 깨달았어.

지구 소황행 출간 시리즈

지구 소황행 시리즈 I
- 하루 5분 글쓰기 챌린지

지구 소황행 시리즈 R
- 나의 퇴사를 적들에게 알리지 마라
50대 워킹맘의 연봉 2억 때려치운 이야기

지구 소확행 시리즈 E (Essay Writing)

벼락 논술로 대학 가기 3가지 솔루션

1쇄 발행 2026년 1월 16일
지은이 허영림
펴낸이 김영경
펴낸곳 쑬딴스북
표지 디자인 이지선
인디자인 인지예

출판등록 제2021-000088호(2021년 6월 22일)
주소 경기도 파주시 탄현면 헤이리마을길 82-91 B동 202호
이메일 fuha22@naver.com

ISBN 979-11-94047-34-6